LOUIS DONNAYROUZE & JACQUES NORMAND

LA POÉSIE

DE

LA SCIENCE

POÈME

COURONNÉ PAR L'ACADÉMIE FRANÇAISE

PRIX : UN FRANC

PARIS

CALMANN LÉVY, ÉDITEUR

3, RUE AUBER, ET BOULEVARD DES ITALIENS, 15

A LA LIBRAIRIE NOUVELLE

1879

LA POÉSIE

DE

LA SCIENCE

LOUIS DENAYROUZE & JACQUES NORMAND

LA POÉSIE

DE

LA SCIENCE

POÈME

COURONNÉ PAR L'ACADÉMIE FRANÇAISE

PARIS

3, RUE AUBER, ET BOULEVARD DES ITALIENS, 15

A LA LIBRAIRIE NOUVELLE

1879

LA POÉSIE

DE

LA SCIENCE

I

Le siècle va finir.

Au milieu des nuages,

Sur un sommet qu'elle a gravi péniblement,

Sommet aride et nu de la chaîne des âges,

La noble Poésie a fait halte un moment.

Tout le cycle des temps s'étage derrière elle

Dans un vaste horizon à moitié disparu,

Si bien qu'un effroi vague envahit l'Immortelle

Qui mesure des yeux le chemin parcouru.
O spectacle imposant! O vision sublime!
Résumé gigantesque où tout est condensé,
Dans une plaine immense, au pied de cette cime,
Se déroule à ses yeux le tableau du Passé.

La Poésie est triste à cette vue austère :
« Hélas! dit-elle, hélas! je n'aperçois sur terre
Rien qui n'ait fait déjà le thème de mes chants :
J'ai tout dit en des vers terribles ou touchants...
Où trouver désormais un sujet qui m'inspire?
Quelle corde nouvelle ajouter à ma lyre?
Je ne découvre rien, en ce siècle moqueur,
Qui d'un frisson nouveau fasse frémir mon cœur.
Que dire? que chanter? »

     — « Tu peux chanter le Monde! »

A ces mots, prononcés par une voix profonde,
Une Muse au front noble, à l'aspect sérieux,
Sortit soudain de l'ombre et parut à ses yeux.

« Qui donc es-tu? Réponds! »

« — Moi? je suis la Science,

Et je viens, ô ma sœur, te dire : Confiance! »

« — Confiance! Et pourquoi? Quels projets sont les tiens? »

La Science sourit doucement et dit : « Viens! »

Puis, dans les profondeurs plongeant d'un grand coup d'aile,

Elle entraîna d'un vol sa compagne immortelle.

II

« Où sommes-nous, grands dieux ! quel est ce gouffre noir ?

« — Le centre de la Terre, ô ma sœur ! Tu peux voir,
S'entassant devant nous en ces couches pressées,
Les restes étonnants des époques passées !
Ne mérite-t-il pas l'honneur d'être chanté
Ce temps antérieur à toute humanité,
Où le Monde, perdu dans le chaos énorme,
Commence à concevoir la limite et la forme ?
Époque fabuleuse où dans le firmament
Quelque astre nouveau-né surgit à tout moment ;
Où sur le sol noyé des continents paraissent ;
Où les monts vont sortant du sein des mers qui baissent ;
Où mille ans ne sont plus qu'une brève saison

Suffisant tout au plus pour une floraison

Qui change tout à coup la face de la Terre !

Age étrange où l'on voit les espèces en guerre

Lutter pour l'existence avec acharnement,

Croître, se transformer, puis finir brusquement

Dans quelque cataclysme ou dans quelque déluge,

Lorsque l'heure est venue où la nature juge

Que la race proscrite est mûre pour la mort.

Quel travail formidable et quel immense effort !

Regarde ces amas de plantes enfouies,

Et tous ces animaux aux formes inouïes

Dont l'échelle contient, des poissons aux oiseaux,

La faune de la terre et la faune des eaux !

Que de types divers jusqu'au roi, jusqu'au maître,

L'Homme, que tout attend et qui va bientôt naître ! »

« — Ah ! dit la Poésie, assez, cruelle, assez !

Dans ce gouffre profond, sous ces blocs entassés,

J'étouffe, je me meurs !.., Ah ! de l'air, je t'en prie !

Vite l'azur, le Ciel, c'est là qu'est ma patrie !

C'est là, loin de ton monde obscur et souterrain,

Que j'ai toujours régné d'un pouvoir souverain.

Montons au Ciel... Je vais te le faire connaître ! »

La Science sourit et murmura : « Peut-être ! »

Un essor les porta dans l'infini du Ciel.

III

Sous leurs pieds, se mouvant dans l'ordre universel,

Tour à tour points obscurs ou centres de lumière,

Les astres par milliers poursuivent leur carrière.

La Poésie est fière et plane en liberté...

Mais la Science alors, montrant l'immensité :

« Oui, ma sœur, ta voix a sans doute

Chanté cette sublime voûte

Des astres aux rayons vermeils ;

Sans doute, tes strophes ailées

Ont peint ces profondeurs peuplées

D'un fourmillement de soleils.

Certes, le Ciel est ta patrie ;

Pour inspirer ta rêverie

C'est bien le séjour qu'il te faut...

Mais va ! tu ne le connais guère :

Tu ne l'as vu que de la Terre,

Toujours d'en bas, jamais d'en haut !

Aussi, tous ces mondes étranges,

O ma sœur, tu les peuples d'anges

Qu'on doit implorer à genoux ;

Ce Ciel dont tu te crois la reine,

Ce Ciel, tu le connais à peine :

Les anges sont plus loin de nous.

Ah ! voilà de longues années

Que mes recherches obstinées

Sondent l'immense firmament :

Aussi, regarde ! La distance

Disparaît... J'avance... J'avance

D'astre en astre, éternellement !

J'ai, dans un élan téméraire,

Su m'élever loin de la Terre,

Pour ravir au Ciel le secret

De la vie intime d'un monde

Qui, sorti de la nuit profonde,

Naît et meurt, brille et disparaît.

Des astres qui peuplent l'espace

Je devine et fixe la place

Au moyen de calculs certains ;

Je sais même, dans leur lumière,

Trouver avec quelle matière

Sont formés les soleils lointains.

Les comètes, les nébuleuses,

Et la Voie aux clartés laiteuses,

— Je le sais d'hier seulement, —

Ne sont que des sœurs réunies

En multitudes infinies

Pour un constant enfantement.

Quel champ pour l'étude et le rêve !

O ma sœur !... poursuivons sans trêve

Ces féconds et nobles travaux ,

Et dans nos routes isolées

J'aurai de nouveaux Galilées

Et toi des Lucrèces nouveaux ! »

IV

« Oui, dit la Poésie, et le Ciel et la Terre
Te livrent chaque jour quelque nouveau mystère ;
Mais l'Homme est mon domaine et j'y règne sans toi,
J'y régnerai toujours... »

« — Sans moi, dis-tu, sans moi ?
Vois donc ce que j'ai fait, vois ce que je veux faire.
Tout est utilisé : l'eau, le feu, l'atmosphère !
Les éléments, unis dans un labeur commun,
Ennemis autrefois, aujourd'hui ne font qu'un ;
Tous les jours, le travail, grâce à quelque rouage,
Demande moins de bras et produit davantage ;
Chaque machine agit comme un être animé ;
La distance n'est plus, le temps est supprimé ;

Lassé de parcourir en tous sens la surface
Du sol qu'il a conquis, l'Homme, rempli d'audace,
Poursuit le rêve ardent de s'élever plus haut
Et, monté dans l'espace, y planera bientôt.
Déjà l'on avait vu, comme l'éclair lancée,
Dans l'onde et dans les airs voyager la pensée :
Aujourd'hui, c'est la voix que l'on transmet au loin,
Et la voix peut encore, invisible témoin,
Sur un airain léger fixant le mot qui vole
Des absents et des morts conserver la parole !
Saint et noble travail ! sublime activité !
C'est vous qui désormais rendrez l'Humanité
Plus heureuse sans doute et meilleure... peut-être ! »

« — O Science, tais-toi, tais-toi ! car je sens naître,
En t'écoutant parler avec cet air vainqueur
Une indignation profonde dans mon cœur !
Quoi ! tous les bas instincts qui souillent l'âme humaine,
L'orgueil, l'amour de l'or, la soif du sang, la haine,
Corrompant à l'envi peuples et citoyens,

S'étalent au grand jour, ô Science, et tu viens

Célébrer le Progrès à cette heure si triste !

Peut-il donc exister, tant que la Guerre existe ?...

La Guerre !... Ah ! tu rougis et tu courbes le front !

Tu prévois le reproche et tu pressens l'affront,

Car, loin d'atténuer ses cruautés sauvages,

Tu règles froidement sa marche et ses ravages !

Union monstrueuse aux monstrueux effets !

Tu parles de Bonheur... Vois donc ce que tu fais !

Vois la Mort devenant ta fidèle alliée

Triomphante par toi, par toi multipliée...

Vois, grâce à ton concours, le soldat arrêté

Mourir, frappé de loin, sans même avoir lutté,

— Car tu rends inutile, en ton aveugle rage,

Cette unique vertu du combat : le courage ! —

Vois ces hameaux pillés, vois ces champs dévastés,

Vois tes obus pleuvant au milieu des cités ;

Vois les peuples, prônant ton œuvre de colère,

S'épuiser dans la paix à préparer la guerre ;

Vois enfin, vois l'Émeute aux bras rouges de sang,

Lutter avec furie et s'enfuir en laissant,

— Effroyable épilogue à l'atroce mêlée, —

Tes flammes ruisseler dans la ville affolée!

Les voilà, tes vertus! Le voilà, ton Progrès!

Tu fondes, j'en conviens; mais pour détruire après!

Et tu veux maintenant, ma sœur, que je m'allie

A ces crimes sans nom qu'enfante ta folie?

Tu veux que dans mes vers je dise aux nations

Que leur bonheur dépend de tes inventions?

Que je sois, en un mot, ton barde et ton prophète?...

Pour de pareils sujets ma lyre n'est point faite!

Je le hais, ton pouvoir positif et brutal!

Ce que je chante, moi, c'est le Rêve idéal,

C'est la Pensée ardente et l'Amour plein de flamme,

C'est l'Ame enfin, ma sœur!... »

      « — Et n'est-ce pas à l'Ame

Que je m'adresse aussi lorsque, par charité,

M'abritant sous la croix, emblème respecté,

Je soulage l'horreur d'une sombre tuerie,

Et, n'ayant qu'un drapeau, n'ai plus qu'une patrie?

Pour le bien des blessés qui l'a su découvrir

Ce moyen merveilleux d'empêcher de souffrir,

Et tenant à son gré la douleur asservie,

La suspend brusquement sans suspendre la vie?

Qui, d'un bout de la terre à l'autre, en un moment

Peut réunir deux cœurs dans un embrassement?

Comment le fils blessé, mourant, qui désespère

A son chevet désert appelle-t-il sa mère?

Elle part, elle vole, elle arrive... et voilà,

Voilà l'enfant sauvé!...

           Qu'est-ce que tout cela,

Réponds, ma sœur, sinon l'émotion humaine?

Je te suis, tu le vois, où ton élan t'entraîne,

Et je puis pour le Bien m'allier avec toi!

Tu prendras ma Méthode et je prendrai ta Foi!

Si tu savais jusqu'où quelquefois je m'élève

Aux jours où sur tes pas je m'égare et je rêve!

Mes adeptes alors deviennent légion,

Je fais de ma doctrine une religion,

J'ai des martyrs donnant de sublimes exemples ;

Je rassemble et j'unis les peuples dans mes temples ;

J'y prêche le Travail, la Paix, la Charité,

Et voudrais, nouveau Christ, sauver l'Humanité !

Ainsi notre labeur, ici-bas, est le même :

L'une peut moissonner partout où l'autre sème.

Laisse-moi travailler pour toi. C'est la saison,

O ma sœur ! Devant nous, vois quel large horizon !

J'étudierai la chose inerte, inanimée :

Toi, tu me la rendras à ton gré transformée ;

Moi, je disséquerai le corps de l'Univers :

Toi, tu lui donneras une âme dans tes vers.

Voici tous les secrets surpris à la Nature :

Apprends et puis oublie, ou plutôt transfigure !

Répands sur mes sillons ta vie et ta chaleur,

Et que de chaque germe il éclose une fleur ! »

V

La Science, à ces mots, de tendresse saisie,
Humblement s'inclina devant la Poésie
Attendant une étreinte et lui tendant les bras...
Et comme celle-ci ne lui répondait pas :

      « Écoute-moi! je t'en supplie!
      Vois! devant toi je m'humilie
      Et j'abdique toute fierté :
      Que puis-je faire davantage?
      A genoux je te rends hommage,
      O mère de l'Humanité!

      Ton œuvre déjà plus ancienne
      Est plus noble aussi que la mienne!
      Plus haut le but que tu poursuis!

2

En berçant l'homme de tes rêves,
Tu l'anoblis et tu l'élèves,
Et moi, plus humble, je l'instruis.

Ce que je sais est peu de chose !
Dans cet univers grandiose
Je ne marche que pas à pas :
Mon impuissance me torture,
Car ce livre de la nature
Je l'épelle et ne le lis pas.

Toi, ma sœur, parmi les espaces,
Hardie et rapide, tu passes,
Embrassant tout d'un seul regard :
Dans tes presciences divines
Plus prompte que moi, tu devines
Ce que je prouverai plus tard.

Viens ! ô ma sœur, soyons unies !
Nos forces seront infinies

Pour le Progrès et pour le Bien :
Une fois à l'œuvre commune,
Qu'importe la part de chacune
Dans le labeur quotidien ! »

VI

La Science se tut. Pensive et recueillie,
La Poésie avait sans mot dire écouté,
Et le discours fini, de doutes assaillie,
Elle hésitait encor devant la vérité.

Tout à coup son regard s'illumine et s'enflamme,

Et l'inspiration venant à l'envahir :

« O Science, debout!... Nous n'aurons plus qu'une âme !

Ma sœur... Je me trompais en croyant te haïr.

Allons d'un vol égal vers ces clartés nouvelles,

Au passé qui se meurt disons le même adieu :

Vers le même avenir partons à tire-d'ailes,

Toutes deux l'une à l'autre, et l'une et l'autre à Dieu! »

Paris. — Typ. G. Chamerot, 19, rue des Saints-Pères. — 8530